DE
LA DICTATURE

PAR

I. LE GENDRE.

Prix : 25 Centimes.

PARIS

IMPRIMERIE ET LIBRAIRIE CENTRALES

DE NAPOLÉON CHAIX ET Cⁱᵉ,

Rue Bergère, 8, près le boulevart Montmartre.

—

1848

DE
LA DICTATURE.

On a généralement une idée si fausse de la dictature, qu'il semble que l'on ne puisse prononcer ce mot qu'avec certaines précautions. Il est même des temps où en parler serait l'acte d'un mauvais citoyen. J'ai cru, cependant, qu'au moment où l'Assemblée nationale s'occupe d'une constitution basée sur les idées les plus larges et les plus démocratiques, il pourrait être de quelque utilité d'appeler l'attention sur une magistrature qui existait dans les anciennes républiques, et qui, signalée par Montesquieu comme une des causes de la grandeur de Rome, a été jugée nécessaire par Rousseau et Machiavel.

Ces profonds politiques avaient sagement reconnu qu'elle était plus contraire que favorable aux ambitieux, plus propre à retarder les révolutions qu'à les amener ; ils savaient que, dans la vie des nations, comme dans celle des hommes, il survient des crises si violentes, si inattendues, qu'il faut avoir recours à des remèdes héroïques. Le législateur le plus sage ne saurait empêcher ces époques critiques, il ne peut que les prévoir : aussi toute constitution doit, sous peine d'une ruine plus ou moins prochaine, porter en elle-même un article qui permette de la suspendre quand les circonstances l'exigeront ; car si, au jour du danger, elle se trouve insuffisante, il faut qu'elle périsse ou que l'État succombe ; en prévoyant, au contraire, son insuffisance, en prescrivant d'avance les mesures propres à y remédier, elle assure sa conservation et le salut de la patrie.

Cette nécessité de la dictature se fait sentir dans tout État qui n'est pas complétement despotique ; mais, plus que toute autre forme de gouvernement, le système républicain doit en avoir besoin. Basé sur la liberté de discussion et sur la souveraineté du peuple, il est exposé à plus de dangers, et possède moins de moyens de défense. Le droit qu'a tout citoyen d'attaquer le pouvoir, s'il le croit mauvais, d'éclairer l'opinion publique, s'il la trouve égarée, enfante de continuelles agitations et des luttes perpétuelles. Je sais que ces luttes sont dans la nature du régime républicain, et contribuent même à sa force et à sa grandeur; mais, si elles ne sont pas prudemment contenues, elles amènent aussi sa ruine; car le peuple peut être contre les gouvernants sans être contre le gouvernement, il peut, quand il soutient tel ou tel ambitieux, croire qu'il confie son drapeau à d'autres mains, mais qu'il ne le change pas.

En quatre mois, la République a eu deux fois recours au pouvoir dictatorial. Comment, devant un fait d'une pareille importance, l'Assemblée nationale pourrait-elle ne pas s'occuper de la dictature? L'état de siége, qui lui ressemble, mais ne la remplace pas, n'est pas lui-même défini, et, dans certaines circonstances, il serait encore insuffisant.

Sans doute, nous ne reverrons pas, il faut l'espérer, des temps semblables à ceux que nous venons de traverser; mais nous ne devons pas croire non plus que notre jeune République a surmonté tous les obstacles qu'elle avait à rencontrer; elle aura encore, je le crains, plus d'une lutte à soutenir, et, dans ces luttes, elle courra le double danger de tomber sous les coups de ceux qui l'attaqueront ou de périr étouffée par ceux qui l'auront défendue. C'est pour combattre les premiers que je la veux armée de la toute-puissance ; c'est contre les seconds qu'il faut l'entourer de toutes les précautions que la défiance peut inspirer. Nous ne devons pas oublier que, dans une république, les grands citoyens sont dangereux par les services mêmes qu'ils ont rendus. Si des circonstances favorables à leur ambition se présentent, ils deviennent facilement redoutables. Eh bien ! la plus sage précaution que l'on puisse prendre contre eux, le plus réel obstacle que l'on puisse leur opposer, c'est une loi qui permette de leur confier le pouvoir au moment où ils pourraient s'en saisir. Rien ne refroidit l'enthousiasme comme la légalité ; et l'homme qui a reçu la souveraine puissance n'aura jamais, pour la multitude, le prestige de celui qui s'en est emparé au risque de sa tête. Investi par les lois, il reste leur sujet, au lieu de paraître leur dominateur ; on peut compter les degrés de son élévation ; et s'il excite encore l'admiration, il n'inspire plus l'enthousiasme.

La dictature est une forme de gouvernement, on ne peut le nier, transitoire si l'on veut, révolutionnaire, soit, mais par cela même plus que toute autre capable de dominer et d'entraîner les esprits dans des circonstances difficiles. Il faut donc compter avec elle; n'en pas parler n'est pas la supprimer; étudions-la, et si elle présente des dangers, tâchons de la contenir et de la modifier comme ces poisons violents qui, sagement administrés, sauvent le malade au lieu de le tuer; mais surtout, avant de s'en effrayer outre mesure, il faudrait peut-être s'en rendre compte et savoir si elle mérite les préventions fâcheuses qui l'entourent. Son nom, j'en conviens, ne réveille guère chez les modernes que des idées de sang et d'oppression, mais chez les anciens il était invoqué dans tous les grands dangers. L'ennemi était-il aux portes de la ville, la sédition grondait-elle sur la place publique, la famine ou tout autre fléau ravageait-il la cité, nous voyons qu'on nommait un dictateur; et telle était la force de cette institution, que presque toujours le but que l'on s'était proposé fut heureusement atteint.

Les Eques tenaient une armée romaine assiégée dans son camp; la terreur était dans Rome : on nomme Cincinnatus dictateur; il part, délivre l'armée assiégée, revient à Rome, y fait condamner comme faux témoin un citoyen dont les tribuns du peuple avaient jusqu'alors empêché le jugement, et reprend sa charrue dix-sept jours après l'avoir quittée.

A quatre-vingts ans, le même Cincinnatus est appelé malgré lui à une seconde dictature. Cette fois ce n'est point contre l'ennemi qu'il doit combattre, c'est contre ses propres concitoyens. Précédé de vingt-quatre licteurs qui portent leurs faisceaux, il descend sur la place publique; et comme les citoyens surpris se demandaient pourquoi cet appareil, il cite à son tribunal Mélius, qui, après avoir séduit le peuple par des distributions de blé, aspirait à la royauté. Sur son refus de répondre, il le fait tuer par son maître de cavalerie, au milieu de ses partisans qui n'osent le défendre, contient la sédition que cette mort pouvait exciter, et abdique une seconde fois, après s'être montré aussi grand sur la place publique que sur le champ de bataille.

Brennus jetait son épée dans la balance en s'écriant : Malheur aux vaincus ! lorsque Camille, nommé dictateur, arrive tout à coup; il chasse les ennemis, et sauve encore Rome, en empêchant les citoyens de l'abandonner pour aller habiter Véies, comme ils le voulaient.

Ces exemples, et beaucoup d'autres trop

longs à citer, nous montrent toute l'utilité que les Romains trouvaient dans la dictature. L'autorité entourée d'un plus grand prestige, les pouvoirs concentrés dans une seule main, les opérations rendues plus rapides, les esprits ranimés et fortifiés par des mesures extraordinaires quoique légales : voilà les avantages qu'elle offrait. Ces avantages me semblent assez grands pour mériter de fixer l'attention des hommes d'État.

La confusion que l'on fait entre la dictature et le pouvoir absolu est une des principales causes de la défaveur qui pèse sur elle. Pour beaucoup d'esprits, le dictateur n'avait pas d'autre frein que sa volonté, et, réunissant dans ses mains la souveraineté qui fait les lois, l'autorité qui les interprète, la force qui les applique, il pouvait, suivant eux, détruire à son gré les lois fondamentales du pays, briser les contrats les plus sacrés, menacer par des décrets sortis de sa seule volonté la vie et la fortune de tous les citoyens. Un tel ordre de choses, s'il pouvait jamais exister, loin d'être la dictature, ne serait qu'un odieux despotisme, émanât-il d'un homme ou d'une assemblée.

Cherchons ce qui était en réalité.

Le dictateur n'était élu que pour un temps limité, six mois au plus; il ne prenait pas le pouvoir, il le recevait du peuple et du sénat; il devait être choisi parmi les consulaires. Élu pour un objet désigné, il voyait son autorité finir avec les circonstances qui l'avaient fait nommer. Suivant quelques auteurs, il ne pouvait dépasser le crédit qui lui avait été alloué par le sénat sur le trésor public. Voilà déjà bien des garanties. Mais, en outre, souverain absolu pour le présent, il ne pouvait engager l'avenir; investi du droit de suspendre les lois, il n'avait pas celui d'en faire de nouvelles. Maître d'emprisonner et de condamner tout citoyen, sénateur ou plébéien, il n'aurait pu ni augmenter ni diminuer l'autorité du sénat ou du peuple. Enfin, si pendant la dictature l'image de la loi était voilée, elle n'était jamais détruite.

En jugeant d'après ces principes le Gouvernement provisoire, dictateur par la force des choses, nous verrons qu'il avait le droit de suspendre un magistrat, mais qu'il n'avait pas celui de toucher à l'inamovibilité de la magistrature. Il fit également une usurpation de pouvoir en abolissant la noblesse, protégée, comme la magistrature, par les lois constitutives de l'État, lois que le souverain seul a le droit d'abolir.

Un moment il sembla reconnaître ces principes, lorsqu'il disait : « Il (le *gouvernement* « *provisoire*) croit de son devoir le plus rigou- « reux de rappeler aux citoyens que tout sys- « tème d'impôt ne saurait être décidé par un « gouvernement provisoire ; qu'il appartient « aux délégués de la nation tout entière de ju- « ger souverainement à cet égard ; que toute « autre conduite impliquerait de sa part la « plus téméraire usurpation. »

Mais bientôt furent décrétés l'impôt des quarante-cinq centimes, celui sur les boissons, celui sur les créances hypothécaires, etc., etc., etc..... Si dès-lors la dictature eût été nettement définie, on n'eût pas vu ces décrets, qui, inutiles pour le présent, réalisables seulement dans l'avenir, ne semblaient destinés qu'à entraver la volonté du souverain prêt à parler par l'organe de l'Assemblée nationale.

En cherchant un exemple contraire dans les événements qui se sont accomplis sous nos yeux, nous verrons le général Cavaignac investi de la dictature à peu près dans les mêmes formes et les mêmes circonstances que le dictateur ancien. Avec une autorité absolue, il ne suspend que les lois qui peuvent compromettre le salut public ; il ne prend que les mesures urgentes et nécessaires à l'accomplissement de sa mission ; et quand elle est glorieusement accomplie, il remet le pouvoir aux mains qui le lui avaient confié. Mais ne nous laissons pas éblouir par cette heureuse expérience. Un autre général à la tête de l'armée, un autre drapeau à l'insurrection, moins d'union dans l'Assemblée, et si la patrie eût encore été sauvée, la liberté était peut-être perdue. C'est un bien qui ne peut être trop défendu et trop protégé. Que la conduite du Gouvernement provisoire éclaire l'Assemblée nationale. S'il trouva une excuse dans l'absence des lois, que cette excuse soit ôtée à ceux qui voudraient l'imiter. Que des hommes sortis d'un mouvement populaire plus ou moins réel ne puissent pas saisir le pouvoir, tout attaquer, tout détruire, et amener la France à deux doigts de sa perte, en se proclamant issus de la volonté du peuple. Car il en est un peu de la volonté du peuple comme de la Providence : tous les partis vainqueurs ont le droit de dire qu'elle est de leur côté, et tant qu'ils restent debout, on ne saurait que leur répondre, si chacun de leurs adversaires ne se prétendait appelé par cette même volonté.

La dictature était si sagement constituée à Rome, que parmi les nombreux dictateurs qui furent nommés jusqu'à Marius, un seul essaya d'abuser de son autorité, et l'histoire nous apprend qu'il fut promptement réprimé.

Mais Marius, dira-t-on, Sylla et César? Vous parlez de ceux qui ont sauvé le pays; vous oubliez ceux qui l'ont opprimé.

Il arrive un moment où les empires, semblables à certains chênes séculaires, ont perdu toute la sève qui les faisait vivre. L'arbre étend encore au loin ses rameaux, son feuillage est vert et touffu; mais des branches desséchées annoncent sa décrépitude, des vers rongeurs lui dévorent le cœur, et, devenu la proie de myriades d'insectes, il finit par tomber en poussière. Telle était la république romaine au temps de Marius et de Sylla.

L'État avait pris un grand accroissement, cette cause certaine de la perte de toutes les républiques; le luxe, devenu bien supérieur aux richesses, avait corrompu les mœurs; la religion était oubliée, la sainteté du serment profanée; le peuple, depuis longtemps agité par ses tribuns, appartenait à ces hommes qui, suivant l'expression de Salluste, ne peuvent garder un patrimoine ni souffrir que les autres en aient un. Divisés en nobles et en plébéiens, les citoyens n'avaient plus qu'un mobile, leur intérêt. Si les partis parlaient encore de gloire et de patrie, ce n'était que de vains mots dont ils couvraient leurs viles passions et leur désir de domination : aussi, faisant bon marché de la liberté, ils étaient tout prêts à donner le pouvoir à qui pouvait leur assurer la victoire. Moins animés contre les ennemis que contre eux-mêmes, ils ne songeaient qu'à s'entre-détruire. Marius vainqueur égorgeait les nobles; Sylla victorieux égorgeait les plébéiens. Mais lorsqu'il présida à ces massacres, Marius était consul, et non dictateur. Quand Sylla signait ses proscriptions, il n'avait pas même daigné prendre la dictature, comme pour mieux faire comprendre que sa puissance n'émanait que de lui, et que la loi désormais était sa volonté seule. Il ne se fit nommer dictateur que lorsque, rassasié de sang, il voulut ramener l'ordre et la sécurité dans la ville, trouvant sans doute plus de difficultés à contenir qu'à déchaîner les passions.

César enfin parut dans un de ces moments où les peuples, lassés de leurs discordes, dépouillés de toutes leurs croyances, ne demandent qu'un maître. Il s'imposa aisément aux bons citoyens, qui depuis longtemps étaient réduits au silence, et aux mauvais, qui avaient hâte de s'assurer la tranquille jouissance du fruit de leurs rapines. Si le titre de dictateur n'eût pas existé, il en eût pris un autre; car la force trouve toujours des noms pour se légitimer, et la dictature dont il fut investi ressemblait si peu à celle des anciens Romains qu'il fut appelé dictateur perpétuel!

Que César et Sylla n'eussent point vécu, d'autres auraient fait ce qu'ils ont fait; ils auraient saisi le pouvoir par cette loi fatale qui veut que l'anarchie enfante toujours la tyrannie. Heureuse la nation qui ne passe pas par les douze Césars et les prétoriens pour s'éteindre dans les honteuses monstruosités du Bas-Empire!

Pour échapper à cette décadence, nous ne saurions attacher trop d'importance au maintien des lois et des formes qu'elles prescrivent; car tout État, monarchique ou républicain, qui les observe est dans une voie de force et de prospérité; tout État qui les viole marche vers sa ruine. Elles sont comme des cercles de fer qui relient le faisceau social; si on les brise, tout tombe et se sépare. C'est seulement par l'obéissance aux lois que l'on peut reconnaître les bons citoyens ; les grandes maximes, les nobles paroles sont dans la bouche de tout le monde. César comme Caton invoquait la liberté, les dieux et la patrie ; mais les lois de la république défendaient de passer le Rubicon : César le franchit, et la république fut asservie.

Si, depuis soixante ans, les bons citoyens avaient poursuivi d'une haine plus vigoureuse l'arbitraire, ce dissolvant de toute société, la France n'aurait pas connu d'aussi mauvais jours. Mais des esprits ardents ont cru trouver dans la sainteté du but qu'ils se proposaient le droit de violer toutes les lois, et cette fausse doctrine, acceptée par des honnêtes gens, a été un des principaux motifs de toutes nos luttes et de tous nos déchirements. Si, en effet, on admet un pareil droit, quel est le parti qui, doutant de la justice de sa cause, ne saisira pas l'occasion d'employer la violence ? Comment trouvera-t-on la limite où la vertu s'arrête, où le crime commence ?

Et cependant que l'ennemi ait envahi nos provinces ; que l'insurrection occupe une partie de la ville. Qu'arrivera-t-il, si la constitution n'a pas prévu ces moments où il faut que le remède soit prompt, parce que le mal est rapide? Les lois dont elle se compose sont inflexibles, et plus elle a été sagement combinée, plus elle a compliqué les ressorts par lesquels les différents pouvoirs agissent les uns sur les autres; plus elle a rendu l'action des lois lente et difficile, afin d'éviter l'arbitraire et la tyrannie, plus elle se trouve mauvaise à l'heure du danger. Tous ces rouages, si habilement organisés, sont subitement arrêtés; l'ennemi frappe pendant que l'on délibère; les mauvaises passions se réveillent, la trahison s'agite au sein même du pouvoir. Par quels moyens rassurer, comprimer, maintenir, quand chaque mesure doit être proposée et délibérée publiquement? L'ennemi, qui a pour lui la décision, le secret et l'union, triomphe... ou un homme, foulant aux pieds toutes les lois, toutes les formes, garanties du citoyen dans les temps ordinaires, redoutables obstacles dans les moments critiques, s'empare de l'autorité, conjure le danger, et vient ensuite demander, non le pardon, mais la récompense de ce qu'il a osé faire.

La patrie est sauvée et la constitution anéantie.

La violation du conseil des cinq cents au 18 brumaire, cet acte si diversement jugé, parce qu'il fut à la fois utile au pays et contraire aux lois, n'aurait pas eu lieu si un article de la constitution avait permis de remettre à Bonaparte le pouvoir dont il s'empara ce jour-là. Il était tellement soutenu par l'opinion publique, cette puissance étrange et mystérieuse qui juge sainement le but qu'elle doit se proposer, et qui presque toujours le dépasse ; il était tellement l'homme du moment, qu'il devait arriver au pouvoir soit par les lois, soit par la force. Les lois manquant, il eut recours aux baïonnettes, et la France presque entière l'applaudit. Mais lorsque, plus tard, elle sentit naître l'empereur ; lorsque, effrayée du joug qui se préparait, elle voulut résister, il n'était plus temps. Elle se trouva sans lois pour réprimer celui à qui elle avait permis de mettre les lois sous ses pieds ; et il s'empara de la couronne impériale, parce qu'on lui avait laissé usurper les faisceaux consulaires. Que le pouvoir lui eût été légalement confié, il eût rencontré un frein dans la constitution même qui lui donnait l'autorité ; plus jaloux de leurs droits restés intacts, les citoyens auraient su les défendre ; ils n'auraient point cherché dans un fol enthousiasme et l'enivrement de la gloire une excuse à la faute qu'ils avaient commise en laissant violer la loi. Si nous n'avions pas connu les gloires de l'empire, nous n'aurions pas vu les désastres de l'invasion, et, république depuis soixante ans, la France ne serait pas aujourd'hui dans les douleurs de l'enfantement et dans les dangers de l'inconnu.

Nous venons de voir les maux qu'entraîne la dictature quand elle est usurpée; les malheurs de 1814 et 1815 nous montrent les dangers que l'on court en n'osant pas l'inscrire dans les lois. A ces époques funestes, la France avait encore assez l'intelligence des dangers qui la menaçaient pour investir Napoléon de la puissance dictatoriale, si elle avait pu le faire légalement. Le cri public aurait imposé silence à l'opposition un peu tardive du sénat et du corps législatif; appuyé sur cette force nouvelle, l'empereur contenait la trahison, ranimait ses généraux et sauvait Paris. Mais rien de semblable n'avait été prévu; il aurait fallu recommencer un 18 brumaire, et de tels actes ne sont pas accomplis deux fois par le même homme. Ils accumulent sur la tête de leur auteur des haines et des vengeances qui éclatent et le perdent le jour où la fortune l'abandonne : Napoléon fut puni du crime de Bonaparte. Si dans les deux assemblées il y eut des traîtres, il s'y trouva aussi des cœurs généreux qui crurent frapper le tyran, ne voyant pas qu'ils immolaient en même temps la patrie.

Louis XVIII avait compris la nécessité de la dictature, lorsqu'il écrivit le fameux article 14 ; mais, en attribuant au roi seul le droit de la proclamer, il blessa un des principes fondamentaux du système constitutionnel, l'union des trois pouvoirs. Les esprits sages ne tardèrent pas à s'apercevoir de cette erreur ; mais ils ne purent que signaler le danger d'un article qui devait amener la perte de celui qui oserait l'invoquer. La Charte, déclarée immuable, devait rester ou périr tout entière.

Cette impossibilité d'amélioration est un danger qui a été sagement évité par les hommes chargés de préparer notre constitution. En admettant le droit de la réviser, ils ont reconnu les progrès de l'esprit humain ; il leur reste à reconnaître l'empire de la nécessité, en admettant le droit de la suspendre. Que l'on examine dans quelles circonstances la dictature doit être proclamée, que l'on discute les limites et la durée qu'elle doit avoir, mais que l'on vide cette importante question. Jamais circonstances ne furent plus favorables pour la traiter en toute liberté.

L'Assemblée nationale, sortie du vote universel, consacrée le 23 juin par le feu des barricades, est au-dessus de toutes les atteintes. Entre les hommes qui fixent les regards, la faveur est à peu près égale. Quelques-uns ont le prestige d'un grand nom ou l'éclat de la gloire militaire; d'autres brillent par une haute intelligence ou par une sévère probité; il s'en trouve même qui, en flattant certaines passions généreuses ou perverses, se sont acquis une sorte de popularité. Mais ces mérites sont divisés plutôt que réunis, et loin de nous en plaindre, espérons que longtemps encore la France pourra se glorifier de ses enfants sans avoir à les redouter. Nous ne sommes donc gênés par aucune pensée d'actualité. Mais si nous ne devons pas redouter la dictature pour le présent, ne faut-il pas songer au long avenir réservé à la France? Et quand l'histoire nous apprend que la violation des lois entraîne toujours de grands désastres, et souvent la chute des Etats; quand elle nous montre que dans maintes occasions les empires ne peuvent être sauvés que par la dictature, doit-on hésiter à inscrire dans nos lois une magistrature qui apporte à la fois la force et la légalité?

Qu'elle soit ou non reconnue, la dictature existe de fait. L'accepter, c'est rendre utile une arme dangereuse; la repousser, c'est laisser une épée incessamment suspendue sur nos têtes.

IMPRIMERIE CENTRALE DE NAPOLÉON CHAIX ET Cⁱᵉ, RUE BERGÈRE, 8.